A veces volamos

por
Katherine Applegate

Ilustrado por
Jennifer Black Reinhardt

OCEANO travesía

Para Lexie - K.A.

Para mi mamá, que me enseñó a volar - J.B.R.

A VECES VOLAMOS

Título original: *Sometimes You Fly*

© 2018 Katherine Applegate (texto)
© 2018 Jennifer Black Reinhardt (ilustraciones)

Publicado según acuerdo con Clarion Books, una división
de Houghton Mifflin Harcourt Publishing Company

Las ilustraciones fueron realizadas en tinta y acuarela

Traducción: Sandra Sepúlveda Martín

D.R. © Editorial Océano, S.L.
Milanesat 21-23, Edificio Océano
08017 Barcelona, España
www.oceano.com

D.R. © Editorial Océano de México, S.A. de C.V.
Homero 1500-402, col. Polanco
Miguel Hidalgo, 11560, Ciudad de México
www.oceano.mx
www.oceanotravesia.mx

Primera edición: 2019

ISBN: 978-607-527-654-0

Depósito legal: B-23783-2018

IMPRESO EN ESPAÑA/PRINTED IN SPAIN

9004602010918

Antes del pastel...

antes de los guisantes...

antes de la risa...

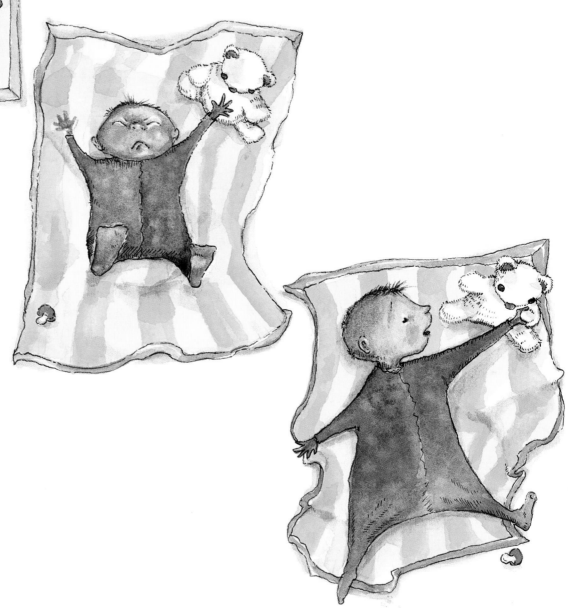

antes de los mares…

antes de los bloques...

antes de crecer...

antes de la amistad…

antes de saber...

antes del equipo...

antes del paseo...

antes del corazón...

antes del orgullo...

En cada cosa que emprendemos

podemos errar
o caer,

podemos fallar
o vencer.

Pero cuando rompemos algo
aprendemos a arreglarlo.

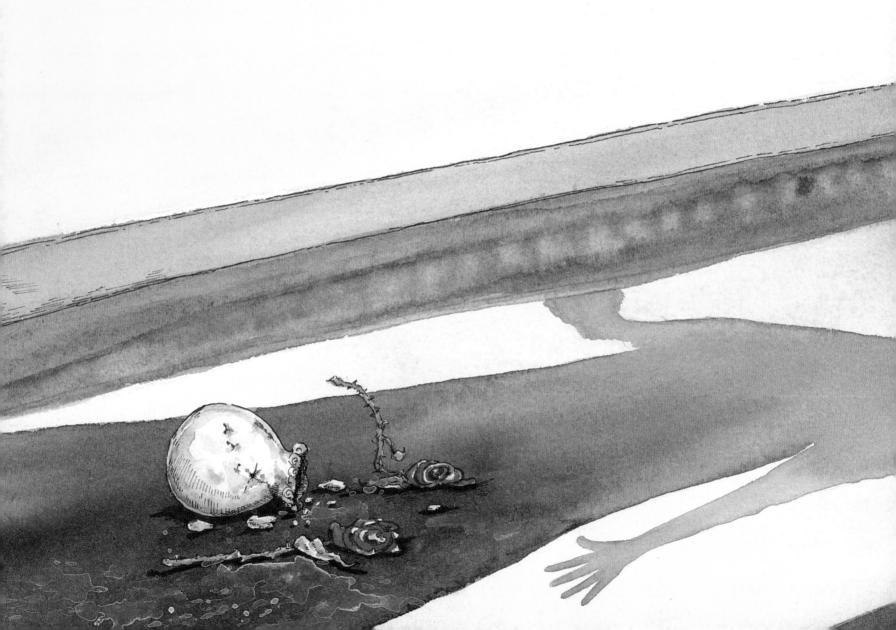

Cuando nos tumba el viento
volvemos a levantarnos.

Recuerda que, en
cada intento, a veces
nos equivocamos,

a veces volamos.

Lo que más importa

es lo que nos llevamos

de lo que aprendemos

antes del pastel.